La leyenda del viajero que no podía detenerse

MONTAÑA
ENCANTADA

Concha López Nárvaez
Carmelo Salmerón

Ilustrado por Rafael Salmerón

La leyenda del viajero que no podía detenerse

EVEREST

Dirección Editorial: Raquel López Varela
Coordinación Editorial: Ana María García Alonso
Maquetación: Cristina A. Rejas Manzanera
Diseño de cubierta: Jesús Cruz

CUARTA EDICIÓN

© Concha López Narváez y Carmelo Salmerón
© EDITORIAL EVEREST, S. A.
Carretera León-La Coruña, km 5 - LEÓN
ISBN: 84-241-8754-7
Depósito legal: LE. 739-2005
Printed in Spain - Impreso en España

EDITORIAL EVERGRÁFICAS, S. L.
Carretera León-La Coruña, km 5
LEÓN (España)
Atención al cliente: 902 123 400
www.everest.es

A nuestros amigos, profesores y alumnos,
del Colegio Público "Lepanto", de Madrid

KOSTIA
Y EL EXTRAÑO VISITANTE

Hacía mucho frío y Kostia se acercó aún más a la estufa.

Fuera soplaba el viento norte y empujaba las nubes que estaban detrás de las montañas.

Eran todas oscuras, de color gris plomo o violeta. Al principio, parecían figuras de grandes animales, de osos o caballos. A través de las ventanas Kostia las veía bajar, corriendo o galopando.

El viento del norte las iba reuniendo, lo mismo que un pastor reúne a su ganado. Hasta que, todas juntas, cubrieron el cielo por completo.

Pero el viento se cansó de soplar y abandonó el rebaño de nubes justo encima de la aldea. Entonces comenzaron a caer los primeros copos de nieve, y, poco después, los tejados se tiñeron de blanco.

Los hombres y las mujeres que trabajaban en los bosques y en los campos marcharon muy deprisa hacia sus casas.

Los niños también llegaron de la escuela. Kostia los veía correr y escuchaba sus risas y sus alegres voces.

Todas las puertas se abrieron para recibir a los que huían de la nevada.

Todas, menos la puerta de la casa de Kostia, porque, aunque era todavía muy joven, vivía completamente solo.

Aquella tarde, como todas las tardes, trabajaba cerca de la ventana, al lado de la estufa.

Se distrajo un momento para contemplar las nubes y los copos de nieve. Pero no tardó casi nada en seguir reparando la abollada sartén que tenía entre las manos.

De pronto comenzó a oír un ruidito extraño, muy distinto a los golpes que daba su martillo.

Sorprendido, dejó de trabajar y escuchó atentamente: ¿el ruido llegaba de la estufa…?

De la estufa llegaba. Y ¿qué era aquello…? ¿Fuegos artificiales o una lucha de leños encendidos…?

¡Por Dios, si parecía que alguien se quejaba…! ¿Estaba oyendo gritos o sólo era el cric-crac de la leña al quemarse…? No podía creerlo; pero los escuchaba, y como eso no era posible, pensó que tenía que estar completamente loco.

Con miedo, y también con enorme curiosidad, abrió la portezuela de la estufa. Un leño al rojo vivo saltó entonces desde dentro, echando chispas, y fue a caer justo a sus pies.

Kostia se puso las manos sobre el pecho porque llegó a creer que el corazón iba a estallarle.

Pero su gran susto se convirtió en inmenso asombro: poco a poco, el leño fue apagándose, y de él salió un diminuto y tiznado hombrecillo.

No podía estar viendo aquello que veía; pero se frotó los ojos con las manos y ¡siguió viéndolo!

—¿Por qué me has encerrado en la estufa? —gritó furioso el extraño visitante.

Kostia lo contempló mudo de asombro.

Estaba a punto de morir de miedo, de modo que comenzó a levantarse de la silla. Quería huir; pero sus piernas, que estaban enfermas, eran torpes y débiles, de modo que volvió a caer sobre el asiento.

Entonces el extraordinario ser que acababa de salir de un tronco encendido dejó de gritar y lo miró en silencio.

—¿Tus piernas no pueden sostenerte? —preguntó luego.

Kostia no respondió enseguida, porque también sus palabras estaban asustadas y no tenían sonido.

—¿Qué les pasa a tus piernas? —volvió a preguntar el hombre diminuto.

Kostia hizo un gran esfuerzo para tranquilizarse, y así pudo encontrar el sonido que habían perdido sus palabras.

—Mis piernas no tienen mucha fuerza… —respondió al fin.

El extraño visitante siguió mirándolo con ojos mucho menos serios, y luego preguntó:

—Dime, ¿por qué me has encerrado en la estufa?

Kostia lo miró con ojos tan abiertos y redondos como platos. No comprendía nada.

Al ver su asombro, el pequeño hombrecillo sonrió:

—Pareces buen muchacho —dijo con aire pensativo, y añadió—: Si tú me has metido en la estufa, ha tenido que ser sin darte cuenta.

Y como Kostia continuaba mirándolo con ojos redondos y asombrados, él comenzó a reír:

—Me recuerdas a un gran búho —exclamó, y enseguida añadió—: Ya sé lo que ha pasado: el culpable de todo es el maldito brujo que vive en las montañas. Tiene celos de mí, ¿sabes? Me descuidé un momento, hizo magia y me metió en la rama de un árbol. Después, un leñador la convirtió en leña para estufa. En uno de esos leños quedé yo prisionero; pero, claro, tú no podías saberlo.

El asombro de Kostia no hacía más que aumentar, aunque ahora sus ojos brillaban de emoción. Se preguntaba quién podría ser aquel extraño y pequeño visitante.

—Soy uno de los muchos espíritus del bosque, y mi profesión exacta es la de médico de animales y plantas, aunque también tengo algo de duende —explicó el pequeño espíritu como si hubiera leído sus pensamientos.

—Yo soy Kostia, y trabajo arreglando las cosas que se rompen o se estropean, a condición de que no sean demasiado grandes —dijo el muchacho con palabras muy tímidas.

—¿Vives solo? —preguntó el espíritu del bosque.

—Sí, vivo solo. Mis padres murieron hace ya mucho tiempo.

—Y, ¿cómo te las arreglas, Kostia? —le preguntó el pequeño espíritu mirando sus piernas enfermas.

—Tengo buenos vecinos. Me ayudan cuando lo necesito, me proporcionan ropas, leña y otras muchas cosas. Además, de cuando en cuando, llenan de alimentos mi despensa. Pero yo no quiero recibir nada de balde, por eso reparo lo que se les abolla o se les quiebra, ya sean ollas, sartenes, cazos, sillas, banquetas, mesas…

—¿Sales con frecuencia de casa? ¿Paseas por la aldea?

—Casi nunca, mis piernas son muy débiles. Les resulta tan difícil caminar que, a lo más que me atrevo, es a acercarme, en verano, a ese arroyo que corre por detrás de mi casa, y eso, apoyado en dos bastones.

"Me gusta sentarme en la orilla y oír la voz alegre de las aguas, que bajan saltando desde las altas montañas.

"A veces me parece que esas aguas cantan, y otras me parece que cuentan historias.

"Si pudiera, me quedaría al lado del arroyo todo el día y toda la noche. Me gustaría vivir al aire libre siempre.

"Sí, eso me gustaría, y no me importaría que un brujo me metiera dentro de una rama. De verdad, yo no me enfadaría, al contrario, porque así sería árbol. Y si yo fuera árbol, en vez de tener estas dos piernas que no me sirven para nada, tendría un tronco fuerte, y sus raíces estarían tan hondas en la tierra que nunca me caería, aunque soplara el viento con todas sus fuerzas.

—Pero si fueras árbol, no podrías caminar.

—Tampoco ahora puedo.

—¿De verdad prefieres ser árbol a ser Kostia? —preguntó el espíritu del bosque.

Kostia no dudó un momento en responder:

—Mil veces preferiría ser árbol.

El espíritu del bosque miró a Kostia a los ojos. Luego sonrió con extraña sonrisa, y misteriosamente dijo:

—Adiós, joven Kostia. Ahora debo irme. Pero regresaré cuando hayan pasado tres días. Quizás, a mi vuelta, tenga alguna sorpresa para ti.

—Adiós —respondió Kostia amablemente.

Entonces el pequeño hombrecillo se dirigió a la salida, y ante él la puerta se abrió por sí sola.

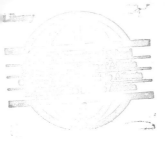

LA BEBIDA MÁGICA

Durante unos minutos Kostia no pudo apartar los ojos de la puerta.

Cuando por fin consiguió salir de su asombro, cogió sus dos bastones y, apoyándose pesadamente en ellos, se encaminó hacia una mesa sobre la cual había un jarro con agua.

Varias veces se mojó la cara con el agua fría, porque no estaba del todo seguro de si se hallaba dormido o despierto.

Algunas de las cosas que había visto y oído no podían ser verdad, por lo tanto tenía que haberlas soñado; pero la portezuela de la estufa estaba abierta, y en el suelo había un tronco ennegrecido.

De ese tronco, precisamente, salió el hombre pequeñito que, según él mismo dijo, era un espíritu del bosque.

"¿Estaré delirando?", se preguntó preocupado. Luego cerró la estufa, volvió a su silla, cogió el cazo abollado y el martillo y siguió trabajando. Pero su cabeza parecía una jaula de grillos. Los grillos eran sus pensamientos y no se estaban quietos: "¡Lo he visto!… No es verdad, sólo lo he imaginado… Era un duende… Era un sueño…".

Fuera de la cabaña, la nieve aún seguía cayendo y todo estaba blanco. Pero la noche, que ya estaba acercándose, poco a poco la iba oscureciendo.

Allá arriba, en el cielo, entre las nubes, la luna parecía un farol encendido.

A la luz de la luna, las sombras de los árboles eran como fantasmas.

Kostia dejó de trabajar, no podía concentrarse porque en su mente también parecía haber fantasmas.

Luego se calentó el guiso de carne que una de sus vecinas había hecho expresamente para él. Olía a gloria pura y aún sabía mejor; pero casi no se dio cuenta.

Cuando se acostó seguía preocupado. Quizás por eso durmió mal y tuvo extraños sueños.

Pero por la mañana llegaron sus vecinos. Todos tenían cosas para arreglar: ollas, sartenes, cazos, una mesa, dos sillas... Y, como pago, llenaron su despensa de alimentos.

Kostia no cesó de trabajar durante todo el día, y tampoco tuvo mucho descanso al día siguiente. Y así, casi se olvidó del extraño hombrecillo que salió de su estufa.

Por la tarde del tercer día, después de haber comido, se puso a reparar un molinillo de los de moler café. De pronto, le pareció escuchar un ruido muy ligero al lado de la puerta; pero tan leve era que ni levantó la vista. Siguió trabajando tan tranquilo hasta que lo sorprendió una menuda toseccilla: ¡por Dios bendito...! Si estaba allí, sobre la mesa... Era él, ¡el pequeño y extraño hombrecillo!

Kostia se sobresaltó de tal manera que el molinillo de café escapó de sus manos y voló por el aire.

El espíritu del bosque no pudo contener la risa:

—Buenas tardes, Kostia, ¿por qué te asombras tanto?... ¿Ya no recuerdas que prometí regresar al cabo de tres días? Yo siempre cumplo mis promesas, y por tanto, ¡aquí estoy!

Kostia parpadeó varias veces seguidas, y contempló al espíritu del bosque con ojos de sorpresa y la boca de par en par abierta.

Sin dejar de reír, el espíritu dijo:

—Cierra la boca, Kostia, que hace frío y se va a helar tu lengua.

Después agitó delante de los ojos del muchacho una pequeñísima bolsa de cuero, y enseguida sacó de dentro una botella todavía más pequeña.

—¿Ves esto? —preguntó.

Kostia dijo que sí moviendo la cabeza.

—Con el líquido que hay en su interior se cumplirán todos tus sueños y todos tus deseos —añadió el hombrecillo.

—¿Qué deseos? ¿Qué sueños? —preguntó Kostia, cada vez más asombrado.

—Tus deseos y tus sueños, Kostia. Hace tres días dijiste que te gustaría vivir siempre al aire libre. También dijiste que preferías ser árbol a ser Kostia. ¿Es que no lo recuerdas?

—Lo recuerdo —susurró Kostia, y luego añadió, con la voz tan delgada como un hilo,

que lo que sucedía era que creía haber soñado, y que ahora no sabía si aún soñaba.

—Ni soñaste, ni sueñas, Kostia. Estoy aquí a tu lado, ¡mírame bien! Soy un espíritu; pero tan real y verdadero como tú mismo. Espíritus, magos, hadas, duendes, genios… hemos existido desde siempre, lo que ocurre es que no todos pueden vernos —explicó el hombrecillo.

Pero Kostia aún no estaba del todo seguro, de modo que el pequeño espíritu alargó hacia él una de sus arrugadas y diminutas manos:

—Toca, anda, toca y convéncete de una vez —le dijo.

Los dedos de Kostia se movieron lentamente, hasta rozar los dedos que hacia él se extendían. Y no había duda: eran dedos, tan dedos como los suyos, aunque mucho más pequeños.

Entonces el hombrecillo añadió:

—Escucha, joven Kostia. El líquido verde que hay dentro de esta botella está hecho de frutos y semillas de cuatro grandes árboles: olmo, fresno, haya y roble. Es un licor mágico. Si lo bebes, tus piernas, y tu cuerpo entero, tendrán la fuerza de esos cuatro árboles juntos. Serás tan resistente como el más resistente de los árboles, y no habrá lluvia ni viento, en todo el mundo, que pueda dañarte —explicó el espíritu del bosque.

Kostia lo escuchaba admirado, y sus ojos brillaban de tal modo que, más que ojos, parecían dos soles pequeñitos.

—Dime, Kostia, ¿estás dispuesto a tomar la bebida…? —preguntó el hombrecillo.

—¡Estoy dispuesto! —respondió Kostia con voz clara y decidida.

—Ya veo que eres valeroso, y eso me alegra; pero escucha, dijiste que preferías ser árbol a ser Kostia; sin embargo, cuando hayas bebido este líquido, serás las dos cosas a la vez —sonrió el hombrecillo.

Kostia miró al espíritu del bosque sin entender cómo se podía seguir siendo Kostia y árbol al mismo tiempo.

—Sí, serás árbol sin dejar de ser Kostia. De Kostia tendrás el cuerpo y el alma; pero por tus venas correrán, unidas con tu sangre, las savias del olmo, del fresno, del haya y del roble. Tus piernas enfermas tendrán la resistencia del tronco más resistente; sin embargo, no estarán unidas a la tierra, y así podrás moverte libremente. Pero, escucha con atención, porque aún tengo algo que decirte, y es importante: serás libre de marchar a donde quieras y podrás recorrer el mundo sin cansarte; sin embargo no podrás quedarte más de tres días seguidos en el mismo lugar. Si lo haces, tus piernas se hundirán en la tierra para siempre. Entonces sólo serás árbol, Kostia. Por lo tanto, debes pensarlo mucho, antes de decidirte.

—¡Ya lo he pensado! —exclamó Kostia alargando las manos hacia la botella que el espíritu sostenía en las suyas.

—Espera, espera todavía, Kostia, no tengas tanta prisa —sonrió el pequeño espíritu, y luego siguió hablando—. También has de saber que, para que el licor produzca el efecto deseado, será necesario que, después de haberlo bebido, tus piernas estén tres días y tres noches en contacto directo con la tierra. Para ello, tendrás que meterlas en una cubeta, y yo las cubriré con barro, que mantendré constantemente húmedo. Pasados esos tres días y esas tres noches, las desenterraré, y enseguida cortaré las pequeñas raicillas que, seguramente, les habrán salido. Te advierto, Kostia, que durante esos tres días sentirás un profundo cansancio y también algún dolor. Y ahora, dime, ¿todavía deseas tomar la bebida?

—Aún lo deseo —respondió Kostia.

UNAS PIERNAS NUEVAS

Kostia bebió el licor de un solo trago. Tenía un sabor extraño, un tanto amargo; pero no sabía mal.

Después metió sus débiles piernas en una cubeta llena de tierra y se sentó a esperar.

La espera fue larga y dura: tres días y tres noches de cansancio y dolores.

A ratos dormitaba y a ratos soñaba despierto con aquellas piernas nuevas que el espíritu del bosque le había prometido.

Durante esos tres días no comió ni tampoco bebió. No lo necesitaba; parecía que, lo mismo que árboles y plantas, su cuerpo tomaba el alimento de la tierra húmeda, a través de sus piernas.

Durante esos tres días, el pequeño hombrecillo permaneció a su lado. Animándolo cuando estaba cansado o dolorido, abrigándolo cuando sentía frío, refrescándolo cuando sentía calor, cuidando que la tierra estuviera siempre húmeda.

Durante esos tres días, en el cuerpo de Kostia se produjeron importantes cambios que lo hacían sufrir: a veces parecía que corría por sus venas la lava de un volcán, y a veces que era hielo molido lo que por ellas fluía. La fiebre le hacía delirar, y su pulso se desbocaba como un caballo loco.

Durante los tres días no cesó de llover, y el viento sacudía la casa como si fuera a llevársela por los aires.

Al amanecer del cuarto día cesó la lluvia de repente y el sol asomó su rostro alegre por entre los árboles del bosque. Justo entonces despertó Kostia del inquieto sueño en el que había caído a causa de la fiebre y el cansancio.

A su lado el pequeño espíritu sonreía:

—Alégrate, Kostia, porque la bebida ha producido el efecto que deseábamos. Ahora tienes dentro de ti la fortaleza del olmo, del fresno, del haya y del roble —le dijo mientras apartaba la tierra que cubría sus piernas y cortaba, con un pequeño y afilado cuchillo, las raíces que habían nacido en ellas.

Kostia miraba maravillado lo que el espíritu hacía, hasta que éste dijo:

—Ha llegado el gran momento, Kostia, ¡levántate y camina!

El corazón de Kostia comenzó a latir muy deprisa, y sus ojos se llenaron de lágrimas.

—No temas —dijo el pequeño espíritu.

Pero Kostia aún temía, por eso cogió sus dos bastones.

—Déjalos, ya no los necesitas —le dijo el espíritu del bosque, con tal seguridad que Kostia los dejó, y, muy lentamente, fue sacando las piernas de la cubeta.

A primera vista parecían las mismas piernas de siempre. A primera vista en nada habían cambiado, por eso Kostia las contemplaba con desilusión.

Pero el espíritu del bosque continuaba animándolo a caminar:

—¡Adelante, muchacho!, apoya las plantas de tus pies en el suelo. Vamos, ¡levántate!, sin miedo, Kostia.

De modo que Kostia las apoyó y comenzó a alzarse de la silla en la que había permanecido durante tres días y tres noches.

¡No podía creerlo! Sus piernas, que antes eran tan débiles como paja de avena, se mantenían ahora alzadas, y ¡sin bastones!; y no era sólo eso, Kostia sentía en ellas la fuerza del tronco de los árboles.

Mudo de asombro, con los ojos nublados de emoción y gozo, miró al pequeño, arrugado y sonriente hombrecillo.

—¡Camina, Kostia! ¡Camina! —le decía.

Kostia dio un paso, y otro, y otro... y otro más.

¡Estaba caminando!, derecho y sin apoyo, como todo el mundo, como cualquier muchacho...

Durante unos segundos, volvió a pensar que quizás estuviera soñando, y, para salir de la duda, se pellizcó con fuerza en uno de los brazos. Le dolió y no se despertó.

El pequeño hombrecillo reía y seguía diciéndole:

—Continúa, Kostia, marcha, no te detengas.

Kostia continuó caminando, cada vez más seguro, cada vez más derecho, cada vez más deprisa. Paso a paso la sonrisa de sus labios se ensanchaba, mientras que por sus mejillas se deslizaba un río de lágrimas alegres.

Cuando llegó a la puerta, se detuvo y susurró:

—Yo... yo no sé qué decir...

—No digas nada, no hace falta. A veces las palabras no pueden expresar lo que se siente. Tus ojos ya me lo dicen todo. Y ahora, debo marcharme. Soy médico de plantas y animales, y en el bosque estarán esperándome —dijo el pequeño hombrecillo, y enseguida añadió—: Recorre el mundo, Kostia, disfruta de tus piernas; pero no olvides que no debes permanecer más de tres días seguidos en el mismo lugar.

Kostia abrió la puerta y salió para decir adiós al médico de animales y plantas.

Éste alzó su mano diminuta en señal de despedida y se dirigió al bosque. El muchacho lo siguió con la mirada hasta que desapareció entre la verde hierba.

Después Kostia permaneció junto a la puerta abierta, contemplando maravillado có-

mo el sol, que acababa de nacer, se empeñaba en descorrer la niebla.

De pronto recordó que podía caminar y acercarse al río, y correr, y saltar...

Corriendo y saltando lo encontraron sus vecinos. Ninguno podía creer lo que veía, y todos se frotaban los ojos y se pellizcaban los brazos para asegurarse de que no soñaban.

Kostia reía, mirándolos.

—Pero, ¿qúe es esto, Kostia? ¿Qué ha sucedido? —le preguntaban.

Kostia se encogía de hombros y sólo les decía:

—A veces suceden cosas maravillosas...

Poco después se despidió de ellos, cerró la cabaña y partió a recorrer el mundo.

UNA LUZ EN LA NOCHE

Era maravilloso caminar sin cansarse, ir deprisa o despacio, según le apeteciera.

El sol seguía luciendo, aunque hacía frío; pero a Kostia ya le daba lo mismo, ahora no tenía ningún miedo de pillar un catarro: era un muchacho fuerte, por sus venas corría, mezclada con su sangre, la savia de los árboles, y los árboles nunca se acatarraban.

Marchó tres días seguidos. Sólo se detenía para comer algo o para dormir en alguna cueva o en alguna choza de pastores. Pero al cuarto día, al frío se le unió la lluvia. Las negras nubes se abrieron en los cielos y sopló el viento. De modo que Kostia no tuvo otro remedio que correr para buscar refugio. Cuando al fin divisó una luz a lo lejos, estaba calado hasta los huesos.

Entre los árboles había una casa que parecía habitada.

Tenía que estarlo, no sólo por la luz que se veía a través de una de las ventanas, sino también porque salía humo por la chimenea.

"¡Un buen fuego y una buena comida…! ¡Qué gusto…! Ojalá los que vivan aquí sean gente amable", pensaba Kostia mientras corría.

Cuando llamó a la puerta llovía con más fuerza que nunca. Estaba tan mojado que por su cuerpo corrían un millón de arroyos pequeñitos.

"Un buen fuego y una buena comida…", suspiraba Kostia.

Desde el interior de la casa le llegó la voz de un hombre:

—¿Quién va? —preguntó.

—Un viajero, un muchacho que busca refugio —respondió.

Durante unos segundos la puerta continuó cerrada. Dentro, dos personas hablaban.

"¿Qué estarán diciendo? ¿Me abrirán o no?", se preguntaba Kostia inquieto.

No todo el mundo dejaba entrar en su casa al primero que llamaba. Pero era de noche y llovía mucho.

Por fin la puerta se abrió, y un hombre alto y de edad madura apareció en el umbral.

La casa no era grande; pero sí cómoda y agradable, y, sobre todo, ardía un buen fuego en la chimenea, y una olla humeaba en el fogón de la cocina.

Olía a leña quemada y a comida caliente y apetitosa. Para el fuego y la olla fueron las primeras miradas de Kostia.

Una mujer, menuda y sonriente, que estaba sentada junto a la chimenea, se levantó presurosa y corrió hacia él.

—¡Vaya por Dios, muchacho; pero si estás chorreando! Quítate esas ropas ahora mismo porque si no vas a coger una pulmonía —exclamó con voz amable y preocupada.

Kostia la miró con ojos de vergüenza: ¿cómo iba a quitarse las ropas?

Pero ella ya sacaba ropas secas de un arca.

—¡Pronto!, no pierdas ni un minuto, entra ahí y cámbiate enseguida —añadió empujándolo hacia la puerta de otra habitación.

En esa habitación había una cama, ancha y alta, y algunos otros muebles, no muchos. Allí, Kostia cambió sus ropas por otras secas, que le quedaban muy grandes.

Cuando salió de la habitación, en sus labios había una sonrisa tímida.

Al verlo, la mujer rió sin disimulo:

—¡Ay, por Dios, hijo mío! ¡Ay, por Dios, hijo mío! —decía sin dejar de reír—. ¿Sabes lo que pareces? Pareces un fantasma o un espantapájaros.

—Pero, ¿a quién se le ocurre darle mis ropas al muchacho? —preguntó su marido, tratando de contener la risa.

Por naturaleza aquél era un hombre serio; pero verdaderamente Kostia estaba extraño y ridículo.

—No querrías que le diera las mías —dijo la mujer, que por naturaleza era risueña y muy embromadora.

Entonces Kostia se imaginó a sí mismo vestido con las ropas de la mujer y rió también.

Durante un rato rieron los dos juntos, a carcajadas, con risa contagiosa, hasta que ella dijo:

—Mira, me gusta que te rías. Me gusta la gente que se ríe de sí misma. Sí, me gusta mucho; eso es buena señal. Además, reír es beneficioso para la salud, ensancha los pulmones y alegra el corazón. Y ahora, acércate al fuego y caliéntate un poco mientras sirvo el guiso. Pero antes dime, ¿cuál es tu nombre?

Mientras decía su nombre, los ojos de Kostia brillaban de alegría: un buen fuego y una buena comida. Era justo lo que necesitaba.

En cuanto a las ropas, le daba lo mismo; estaban secas y eso era lo único importante. Si sobraban dos cuartas de las mangas y tres de los pantalones, que sobraran; y si la mujer reía, él reiría también. Se notaba a las claras que no quería burlarse, sencillamente era muy reidora. Y además, ella tenía razón, reír debía de ser bueno para la salud. Ahora él sentía los pulmones muchísimo más anchos y el corazón muchísimo más alegre. A partir de entonces pensaba reírse siempre que pudiera.

Comieron en una mesa grande, cerca del fuego. El guiso era de patatas y carne, y estaba tan sabroso que Kostia se relamía de gusto.

Al notarlo, la mujer sonrió satisfecha.

Después de comer, asaron castañas en el fuego. La mujer dijo que, por aquel lugar, las castañas eran frutos tardíos, y que las conservaba en el desván, abrigadas con paja.

Al hombre le encantaban las castañas asadas y, con las ansias de comerlas, estuvo a punto de quemarse los dedos.

—Quita, quita, manazas, que te va a suceder lo mismo que le pasó a la gallina colorada —dijo su mujer.

Los ojos de Kostia se elevaron interesados hacia ella.

—¿Te gustan las historias? —preguntó la mujer.

—¿Cómo van a gustarle las historias al muchacho, y menos esas bobas historias que inventas? —dijo el hombre.

—No son bobas ningunas de mis historias, y estoy segura de que sí le gustan, lo he leído en sus ojos —contestó la mujer mirando a Kostia—. ¿No es cierto que te gustan los cuentos?

Kostia dijo que sí, que le gustaban mucho.

Ella sonrió satisfecha, sacó las castañas del fuego y comenzó a contar la boba historia de la boba gallina colorada.

QUÉDATE CON NOSOTROS

Había una vez *una gallina colorada que marchaba por el bosque en busca de comida.*

De repente se puso a escarbar en un montón de hojas caídas y encontró un buen puñado de castañas.

Por allí cerca había un fuego encendido, y la gallina colorada pensó: "¡Ay, cómo me apetece comer castañas asadas!". Y sin más, cogió las cas-

tañas con el pico y, una por una, las echó al fuego. Luego se sentó a esperar; pero al poco se levantó preocupada.

"Y ahora, ¿cómo saco yo las castañas del fuego?", se preguntó. "Si las saco con el pico, me quemaré el pico, y si las saco con las patas, me quemaré las patas. Pero si no las saco, serán las castañas las que se quemen".

La gallina colorada paseaba, arriba y abajo, sin saber qué hacer.

"Ay, ay, es una verdadera desgracia no tener manos. Si las tuviera, sacaría las castañas del fuego muy fácilmente", se lamentaba la gallina, y de pronto vio aparecer a una muchacha que paseaba, y corrió hacia ella.

—Por favor, muchacha que pasea, tú que tienes manos, sácame las castañas del fuego —le suplicó.

La muchacha cogió una rama del suelo, se acercó al fuego y, fácilmente, sacó las castañas.

La gallina colorada se lo agradeció de corazón y le ofreció compartir con ella las castañas asadas.

De modo que se sentaron juntas y juntas comieron castañas.

Antes de marchar, la muchacha miró a la gallina colorada y le dijo:

—Gallina, si me lo permites, voy a darte un consejo.

—Te lo permito, ¿cuál es ese consejo?

—Mi consejo es que, ya que no tienes manos para sacarlas del fuego, de ahora en adelante será mejor que comas las castañas crudas, porque no siempre vas a encontra alguien que te ayude.

Pero a la gallina colorada le encantaban las castañas asadas, de modo que pensó un momento y luego dijo:

—¿Sabes qué te digo, muchacha que pasea?

—¿Qué me dices?

—Pues que me voy contigo.

—De acuerdo —dijo la muchacha, y se fueron juntas.

Y colorín colorado, esta historia se ha acabado.

Terminó diciendo la mujer.

—Es una historia boba, sin pies ni cabeza, y lo peor de todo es el final, que es aún más bobo —dijo el hombre.

—El final no es bobo —dijo la mujer, un poquito enojada, y enseguida añadió—: Para que lo sepas, la gallina se fue con la muchacha para que le sacara las castañas del fuego, siempre que a ella se le antojara comerlas asadas. Y la muchacha estuvo de acuerdo porque también le gustaban las castañas, y la gallina sabía dónde buscarlas y cómo encontrarlas.

—De todas formas, es una historia boba —refunfuñó el hombre, y miró a Kostia como preguntándole si él también estaba de acuerdo.

Pero no, Kostia no lo estaba. A Kostia le encantaban las historias.

Después de comer castañas asadas, el hombre, la mujer y Kostia se fueron a dormir.

El hombre y la mujer en la alta y ancha cama de matrimonio. Kostia en una cama mucho más pequeña, en una habitación también más pequeña; pero muy alegre. Tenía cortinas de flores en la ventana, y cuadros de animales en las paredes.

—Es la habitación del hijo. Yo hice las cortinas y pinté los cuadros. Me gusta que la ocupes —dijo la mujer.

Kostia no se atrevió a preguntar dónde estaba aquel hijo; pero ella leyó la pregunta en sus ojos y contestó:

—No ha muerto ni tampoco se ha marchado. Sencillamente no nació.

Los ojos de Kostia se agrandaron de asombro, y la mujer dijo, con los ojos llenos de emoción:

—Pasé años esperándolo y nunca llegó. Preparé esta habitación con mucho cariño, pensando en él. A veces imagino que está aquí, que duerme en esta cama, y que, al abrir los ojos, lo primero que ve son las cortinas de flores que hice con mis manos y los cuadros de animales que yo misma pinté. Por eso ahora me alegra que la ocupes, porque tú eres exactamente como el hijo que no tuve y que tanto deseaba tener.

Aquélla fue una noche completa. Cuando se durmió, Kostia se sentía feliz.

Soñó cosas alegres, luego no las recordaba; pero las soñó.

El día siguiente amaneció radiante.

La casa olía a pan caliente y a tortas recién hechas. Cuando Kostia se levantó, el fuego estaba ya encendido, y en las miradas del hombre y de la mujer leyó que se alegraban de tenerlo con ellos.

¿Qué más podía pedir...?

Por supuesto, nada más. Lo único que ahora quería era demostrar su agradecimiento y pagar, de algún modo, lo mucho que hasta entonces habían hecho por él. Por eso, después del desayuno, sus ojos recorrieron atentamente la habitación y la cocina buscando alguna cosa que pudiera arreglar.

Descubrió una olla sin asas, una sartén con el mango torcido y algunas cosas más.

—Ni mi marido ni yo somos habilidosos con las manos, y, como el pueblo no está muy cerca, esperamos a tener varias cosas estropeadas para mandarlas arreglar —dijo la mujer observando su mirada.

—Esta vez me gustaría ser yo el que las arreglara.

—Pero, ¿sabrás hacerlo?

—Es así como me he ganado la vida desde que mis padres murieron.

—No tienes padres… —susurró la mujer con voz emocionada.

—No los tengo —dijo Kostia tristemente, y de pronto se hizo un hondo silencio entre ellos.

Poco después, Kostia tenía los cacharros estropeados entre sus manos.

Fue un día de trabajo para él, un alegre y provechoso día.

Por la tarde estaban como nuevos: una olla, una sartén, dos sillas y un reloj de pared.

—Buen trabajo, muchacho —alabó el hombre, dejando caer su enorme manaza sobre el hombro de Kostia.

La mujer lo contempló en silencio durante largo tiempo y no dijo nada.

Y entonces Kostia anunció que tenía que marcharse.

—El sol se empieza ya a ocultar, y aunque no hay nubes en el cielo, hace frío —dijo el hombre.

—Quédate con nosotros —dijo la mujer.

Kostia recorrió la casa con la vista y luego miró afuera: la casa era un lugar seguro, agradable y caliente; afuera, en cambio, comenzaba a hacer frío, y, en verdad, el sol ya se estaba ocultando.

—Me quedaré esta noche —dijo mirando agradecido a la mujer y al hombre.

Ellos se alegraron, muy sinceramente, de tenerlo en casa una noche más.

El día siguiente también amaneció calmado, y Kostia se preparó para marchar.

—Quédate con nosotros, Kostia, quédate para siempre —suplicó la mujer.

—Si tú no tienes padres y nosotros no tenemos hijos… —añadió el hombre.

Kostia los miró hondamente a los ojos y movió la cabeza de un lado para otro: le hubiera gustado quedarse algunos días más; pero no era posible.

Cuando se puso en marcha, el hombre y la mujer permanecieron a la puerta de la casa hasta que lo perdieron de vista. Él se volvió tres veces en el camino para decirles adiós.

El sol lucía en el cielo, la mañana era hermosa, y, sin embargo, los pasos de Kostia no eran tan alegres y rápidos como antes, porque de pronto pensaba que ser libre era maravilloso, y recorrer el mundo sin cansarse; pero también lo era tener una casa a la que regresar de cuando en cuando, y saber que en ella había dos personas que siempre lo esperaban. Y era maravilloso poder permanecer en el mismo lugar el tiempo que se le antojara, sin tener que irse cuando casi acababa de llegar.

EL COLUMPIO ROTO

Poco a poco fue Kostia recuperando la alegría perdida. "Si piensas en las cosas que te faltan, estarás siempre triste. Si piensas en las cosas que tienes, siempre estarás contento", se dijo Kostia a sí mismo. Enseguida añadió: "¡Adiós, tristeza!", y siguió su camino alegremente.

Algunos días después, era casi la hora de comer cuando divisó una aldea a lo lejos.

Pensó que estaba de suerte porque de nuevo podría tomar algo caliente, hablar con alguien, e, incluso, dormir otra vez en una cama. A cambio, arreglaría todas las cosas rotas y estropeadas que pudiera.

A medida que se iba aproximando, los pasos de Kostia se volvían más rápidos y alegres.

Ya muy cerca, se detuvo un momento: en un claro del bosque le pareció escuchar las risas y las voces de unos niños.

Los niños se estaban divirtiendo, no había más que oírlos. Comenzó a aproximarse de puntillas, porque no quería interrumpir sus juegos.

De pronto escuchó algo parecido a un golpe y volvió a detenerse. Durante unos segundos no oyó nada; pero, casi enseguida, el llanto de un niño llegó hasta sus oídos.

Kostia apresuró los pasos, y, entre los árboles, descubrió un grupo de pequeños que rodeaba a otro, todavía más chiquito, que lloraba en el suelo. Querían consolarlo; pero, por lo visto, no podían conseguirlo.

—¡Buenos días! —saludó Kostia acercándose, y los niños lo miraron sorprendidos.

Kostia les sonrió con sonrisa de amigo, y se dirigió al niño que lloraba.

—¿Por qué lloras? —preguntó amablemente.

El pequeñito, que sólo tendría unos cinco o seis años, se secó las lágrimas con las manos manchadas de tierra, miró a Kostia y dijo entre pucheros:

—Me he caído.

—¿Te has hecho mucho daño? —preguntó Kostia con aire preocupado.

El niño movió su cabecita rubia, de un lado a otro, diciéndole que no.

—Y entonces, ¿por qué lloras? —preguntó Kostia sonriendo.

El niño volvió a llorar, aún con más desconsuelo que antes, y dijo sollozando:

—El columpio se ha roto, por eso me he caído; pero esta vez no he tenido la culpa.

—¡Esta vez no ha tenido la culpa! —dijeron a la vez todos los otros niños.

Kostia observó que, de la rama del árbol bajo el cual se encontraban, colgaba una cuerda partida, y en el suelo, justo detrás del niño pequeñito, había una vieja tabla, unida a un trozo de cuerda. Hasta hacía unos momentos, aquella tabla era el asiento de un columpio.

Kostia examinó un momento cuerda y tabla: la cuerda estaba muy gastada, casi podrida, y la tabla tampoco podría aguantar mucho.

—Desde luego no has tenido la culpa, el columpio era viejo —dijo mirando al niño que lloraba, y enseguida añadió—: Pero esto se arregla fácilmente.

—¡No se arregla! —dijeron los niños, de nuevo todos a la vez.

Kostia los miró con ojos de extrañeza y preguntó:

—¿No se arregla? ¿Por qué decís eso? ¿Cómo podéis saberlo?

—Lo sabemos porque en la aldea nunca se arregla nada. Cuando algo se rompe, roto se queda, y más si es de los niños —explicó una niña de ojos grandes y oscuros.

—¿Y por qué no se arregla nada en esta aldea? —preguntó Kostia, aún más extrañado.

Todos los niños querían responderle. Por eso hablaban dando gritos y quitándose la palabra unos a otros:

—Porque los padres y las madres no tienen tiempo para nada.

—No están en casa casi nunca.

—Y luego nos dicen que están demasiado cansados para arreglar las cosas que se rompen.

—Y nunca nos escuchan.

—Y los niños no sabemos arreglar cosas estropeadas.

—Y ahora nos hemos quedado sin columpio.

—Al mediodía, al salir de la escuela, siempre veníamos aquí, y también por las tardes. Nos divertíamos mucho.

—Pero ahora el columpio se ha roto; por eso lloro —acabó diciendo el niño pequeñito.

Kostia lo tomó en sus brazos y luego preguntó:

—¿Dónde están los padres y las madres de este pueblo?

Los niños de nuevo respondieron a la vez, y muy alto:

—Los padres están en el bosque.

—Porque talan los árboles.

—Y luego les quitan las cortezas.

—Y cogen la madera que hay detrás de ellas.

—Y luego la llevan a vender para hacer muebles.

—Después los padres vuelven al bosque y siguen trabajando.

—Porque a los leñadores nunca les pagan mucho.

—Las madres, mientras tanto, cuidan de las vacas.

—Y también de las ovejas.

—Las llevan a pastar.

—Y las ordeñan.

—Y hacen quesos.

—Las madres, además, siembran los huertos.

—Y luego recogen la cosecha.

—Las madres limpian la casa, lavan la ropa y hacen la comida.

Verdaderamente, a los padres y a las madres de aquel pueblo no les sobraba el tiempo. Por eso Kostia dijo:

—¡Yo arreglaré el columpio!

—¿Túuuu…? —exclamaron los niños con los ojos brillantes de emoción.

—Sí, yo; pero antes tendremos que buscar una cuerda fuerte y una tabla nueva —dijo Kostia.

Los niños, locos de contento, lo cogieron de las manos y gritaron:

—¡Vamos a la aldea! ¡Vamos pronto!

Marchando todos juntos hacia el pueblo, los niños reían y gritaban, saltando al lado de Kostia.

El niño pequeñito, que aún seguía en sus brazos, sonreía entre lágrimas.

De pronto preguntó:

—¿Quién eres tú?

—Yo soy Kostia, un viajero que marcha por el mundo arreglando las cosas que se rompen. Y tú, ¿quién eres?

—Yo soy Igor, y tengo cinco años.

Enseguida los otros niños, a coro, como siempre, dijeron a Kostia quiénes eran:

—Yo soy Irina.

—Y yo Katia.

—Yo soy Iván.

—Y yo Mijail.

—Y yo… Y yo…Y yo…

Parecían pajarillos contentos.

Entre risas y voces llegaron a la aldea y encontraron la cuerda que buscaban y también la tabla.

Y entre risas y voces regresaron al prado y Kostia reparó el columpio, o, mejor dicho, hizo un columpio completamente nuevo y mucho más seguro.

¡Había que ver las caras de los niños! ¡Sus ojos de entusiasmo, sus sonrisas de gozo…!

Y todos querían ser los primeros en subir al columpio.

Pero Kostia dijo que a él le parecía que el primero debía ser el pequeño Igor.

—Es justo, porque él fue quien cayó, y, además del golpe, se llevó el mayor susto.

Los niños estuvieron de acuerdo y esperaron su turno.

Kostia los fue empujando uno por uno.

—¡Más alto, Kostia! ¡Todavía más alto! ¡Con todas tus fuerzas! —gritaban.

Y Kostia los empujaba un poquito más alto, aunque no mucho, porque la fuerza de sus brazos era tanta que temía hacerles daño.

NO TE VAYAS

Kostia y los niños se divirtieron mucho. Y Kostia hasta llegó a subir al columpio.

—¡Ahora le toca a Kostia! —dijo el pequeño Igor.

—Sí, ¡ahora le toca a Kostia! —gritaron los demás.

—Yo soy muy mayor —rió Kostia.

Sin embargo le apetecía, le apetecía mucho. No quería decirlo; pero la verdad era que nunca había montado en un columpio.

—¡Le toca a Kostia! ¡Es el turno de Kostia! —insistían los niños.

Y así Kostia acabó montando en el columpio. Y los niños se unieron para empujarlo con todas sus fuerzas, lo más alto posible:

—¡A la una!… ¡A las dos!… ¡A las tres!… ¡Allá va Kostia!…

Después de montar todos en el columpio y de empujar a Kostia, los niños jugaron a otras cosas: a esconderse, a perseguirse, a la pelota…

Kostia también jugó. Hacía mucho tiempo que Kostia no jugaba. ¿Mucho tiempo…? Hacía toda la vida, porque Kostia no había jugado nunca, al menos a cosas como aquéllas.

Por eso, aunque él era grande y fuerte como un árbol, se olvidó de los años que tenía, que por cierto ya eran dieciséis, y corrió, saltó y rió, igual que cualquier niño.

Al final volvieron a la aldea cansados y contentos. El pequeño Igor aún seguía jugando. Jugaba a los caballos, subido en la espalda de Kostia:

—¡Arre, arre! ¡Más deprisa, caballo, más deprisa!

Kostia galopaba, y también relinchaba con la cabeza alta, como hacen los caballos de raza:

—Hi, hi, hi, hi, hi, hi…

Y todos los niños querían ser caballos, y todos galopaban y también relinchaban:

—Hi, hi, hi…

Un tropel de caballos alegres apareció en la aldea, en el momento justo en el que las madres regresaban del campo.

—¡Es Kostia! ¡Es Kostia! —gritaron los niños a sus madres.

—¡Nos arregló el columpio! —explicó el pequeño Igor a la suya, y enseguida añadió—: ¡Y yo lo quiero mucho!

Kostia saludaba a las madres mirándolas hondamente a los ojos, como solía hacer para decir a alguien que estuviera tranquilo, que él era un buen muchacho.

Las madres también debieron de comprender que el joven viajero no haría daño a un niño por nada de este mundo. Y todas le ofrecieron sus casas para que descansara y comiera alguna cosa.

—Por favor, ven a mi casa, Kostia —decía cada niño.

Pero el pequeño Igor le puso la cabeza sobre el hombro y, en voz baja, le dijo:

—Yo soy el más pequeño, y, además, me caí del columpio.

Los otros niños protestaron; pero Kostia les prometió que por la tarde, cuando ellos salieran de la escuela, él estaría esperándolos.

Después de comer, mientras los niños estaban en la escuela, él fue de casa en casa reparando las cosas que estaban rotas o estropeadas.

Y luego, cuando los niños otra vez regresaron, Kostia también los estaba esperando.

Ya no quedaba tiempo para ir a montar en el columpio, y, además, todavía le faltaban muchas cosas que arreglar. Por eso marcharon todos juntos de casa en casa, y mientras Kostia trabajaba, les iba contando historias, o cantaban a coro, o recitaban trabalenguas y adivinanzas. La hora de cenar los pilló tranquilos y felices.

Y ¿dónde cenó y pasó Kostia la noche?

Otra vez los niños, todos y cada uno, le pidieron que cenara y pasara la noche en sus casas.

Pero Igor lo tomó de la mano y casi lo arrastró, mientras decía:

—Todavía yo soy el más pequeño, y en mi casa aún quedan cosas para arreglar. Yo rompo muchas cosas, en esta aldea soy el niño que más cosas rompe, lo ha dicho mi madre.

Los otros niños dijeron una vez más, aunque de mala gana, que bueno, que Kostia podía ir a cenar y a dormir con el pequeño Igor; pero con la condición de que, al día siguiente, en cuanto salieran de la escuela, al mediodía, tenía que ir con ellos a montar en el columpio.

A la mañana siguiente, mientras los niños aprendían, Kostia terminó de arreglar las cosas que aún quedaban rotas o estropeadas, y cuando, al mediodía, ellos salieron de sus clases, él estaba a la puerta de la escuela.

Todos los niños, sin faltar uno, corrieron a su encuentro con los brazos abiertos y los ojos brillantes de alegría. Kostia los recibió con el mismo cariño y entusiasmo que ellos tenían.

Con los niños colgando de su cuerpo, casi sin poder andar, marchó luego hacia el columpio.

Otra vez se divirtieron juntos. Y los niños, todos y cada uno, dijeron a Kostia que, aunque él ya fuera grande, era el mejor amigo que habían tenido nunca. Por eso, lo que le suplicaban era que no se fuera jamás de la aldea.

—Quédate con nosotros para siempre, Kostia —suplicaban los niños—. Por favor, no te vayas.

Kostia sonrió tristemente y dijo:

—Pero si ya no queda ni una sola cosa que arreglar…

Los niños bajaron la cabeza unos segundos, hasta que uno de ellos exclamó:

—¡Las cosas se rompen enseguida!

—¡Tiene mucha razón! ¡Las cosas se rompen enseguida! —gritaron los demás.

—Yo rompo cosas todos los días. Me parece que esta mañana ya he roto alguna, y seguro que esta tarde rompo dos o tres más —dijo el pequeño Igor, y buscó en sus bolsillos algo que pudiera romperse en el momento.

—Pero yo soy un viajero, por lo tanto no tengo más remedio que seguir mi camino. Además, este mundo está completamente lleno de cosas rotas y estropeadas, y también de padres y madres que no tienen tiempo para arreglarlas —dijo Kostia. Después, sonrió una vez más y comenzó a marchar.

Los niños corrieron tras de él para abrazarlo, y el pequeño Igor se cogió a sus piernas con las dos manos y no quería soltarlas.

Kostia lo alzó en sus brazos y lo estrechó contra su corazón. El pequeño Igor le llenó la cara de lágrimas y besos.

Pero Kostia tuvo que irse.

Los niños se quedaron mucho rato a un lado del camino. Y en esta ocasión Kostia no se volvió para decir adiós: estaba temeroso de que, si lo hacía, acabaría regresando.

—¡Vuelve pronto, Kostia! ¡Vuelve pronto! —gritaban los niños.

El día era azul y hermoso, el sol brillaba en el cielo y no había ni una sola nube. Pero, por segunda vez en poco tiempo, los pasos de Kostia no eran ligeros ni alegres. En el corazón llevaba una sombra de pena, y ahora le fue aún más difícil decir adiós a la tristeza.

EL NIDO

Después de alejarse de los niños, Kostia se prometió a sí mismo que nunca se detendría en ningún otro sitio más de una noche. También se prometió que, por ningún motivo, abriría a nadie las puertas de su corazón. Sería amable con todos y bien educado; pero a nadie tomaría cariño, y todavía menos a un niño. Porque abrir las puertas del corazón era sencillo; pero no lo era tener luego que cerrarlas.

Durante muchos días continuó su marcha por el mundo adelante, sin detenerse más que lo necesario para buscar refugio o conseguir comida a cambio de su trabajo.

En lo único que pensaba era en la alegría de ser libre y seguir caminando sin cansarse.

Poco a poco, fue pasando el frío y oscuro invierno y se derritió la nieve en las montañas. Kostia podía marchar mucho más fácil y rápidamente.

La primavera estaba en todas partes, en los cielos más claros, en el aire más transparente y cálido, en los días más largos, y también en las plantas y árboles, verdes y florecidos.

Los animales se habían enamorado, y ya algunos comenzaban a cuidar de sus hijos.

Kostia disfrutaba mirándolos, se sentía muy dichoso contemplando a las hembras con sus crías…

Cierto día marchaba alegremente por una verde y gran llanura, salpicada de flores pequeñitas, amarillas y blancas. En ella apenas había árboles; pero fue un árbol caído lo que hizo que se detuviera. Y no precisamente porque interrumpiera su camino, ya que la pradera era muy ancha, sino porque, a su alrededor volaban, con vuelos bajos, dos pájaros inquietos que no cesaban de piar. Había en aquellos vuelos tanta tristeza que Kostia se preguntó qué sería lo que podría pasarles. Se aproximó a observar y enseguida encontró las respuesta: en el suelo, entre las ramas rotas, había un nido con cinco huevecillos moteados.

Kostia pensó en la desesperación de aquellos pobres pájaros que se habían quedado sin hijos y sin casa.

Seguramente un rayo les había derribado el árbol en el que, según creían, vivían tan seguros.

Sí, tuvo que ser eso, porque, aunque el cielo estaba completamente azul, hacía más o menos una hora que lo había ensombrecido una fuerte pero corta tormenta.

¿Qué podía hacer él? Tenía que hacer algo. No había ninguna duda, si el nido se quedaba en la tierra, cualquier animal: un tejón, una zorra, u otro pájaro, se comería los huevos.

Kostia recorrió la llanura con la vista, en busca de un lugar seguro para los huevecillos.

Descubrió algunos árboles; pero no estaban cerca. De todas formas, no tenía más remedio que coger el nido y colocarlo, lo mejor posible, en las ramas de alguno de ellos. Esperaba que los padres siguieran incubándolos. Pero, viendo el nido entre sus manos, la angustia de los pájaros padres se convirtió en terror.

De pronto, Kostia recordó algo que había oído de niño. No sabía quién lo había dicho ni tampoco por qué. Pero era muy claro: "Los nidos no se deben coger, ni mucho menos se deben llevar de una lado a otro. Los huevecillos son delicados, y fácilmente las crías podrían morir antes de nacer".

Kostia permaneció algún tiempo haciéndose preguntas:

"¿Dejo el nido otra vez en el suelo? ¿Me lo llevo a otro árbol? ¿Lo muevo? ¿No lo muevo? Seguramente los pajarillos morirán de todas formas, haga lo que haga".

De repente se le ocurrió algo; pero era una idea absurda, un total disparate, una locura… Aunque, después de todo, quizá así salvara la vida a las crías.

La idea, absurda, loca y disparatada, que a Kostia se le había ocurrido consistía en sostener el nido entre sus manos, en alto y sin moverse, hasta que los pajarillos nacieran.

Quizás ya no faltaba mucho para que rompieran los huevos, a lo mejor sólo unas horas o sólo un día.

Él podría resistir algún tiempo completamente quieto, sus piernas eran fuertes y tenía paciencia; pero, ¿y los padres? ¿Qué harían

los padres pájaros...? ¿Seguirían incubando...?

Y quieto se quedó, completamente, sin mover ni siquiera una pestaña.

Poco a poco los padres pájaros se fueron acercando.

Kostia esperaba emocionado. Por fin uno de los dos pájaros se acercó tanto que le rozó el hombro con las alas. Casi enseguida, el otro fue a posarse en su brazo, muy cerca de la mano que sostenía el nido.

Después de unos pocos minutos de espera, uno de ellos se echó sobre los huevos. "¿Será éste el padre o la madre? Da lo mismo", pensó Kostia. El otro alzó el vuelo y se elevó en el aire. No tardó en regresar con comida en el pico para su compañero o compañera.

Así pasó toda la mañana y toda la tarde. Al llegar la noche, los huevos aún no se habían abierto.

Pasó el segundo día, y la segunda noche, y los cinco huevos seguían enteros.

Kostia tenía hambre y sed y comenzaba a cansarse; sin embargo, lo que le inquietaba era el paso de las horas y el recuerdo de las palabras del espíritu del bosque: "No debes permanecer más de tres días seguidos en el mismo lugar".

El tercer día había comenzado, por lo tanto ya no podía esperar mucho más tiempo.

"Si no nacen pronto, tendré que abandonarlos", pensaba con angustia.

Transcurrió la mañana, y también la tarde.

Tenía que marcharse; pero no se marchaba. Había una voz en su interior que, cuando iba a dejar el nido en el suelo, le decía: "Aguarda un poco más".

La tarde casi se volvió noche, el sol tiñó el cielo de rojo y luego se ocultó. Y entonces comenzó la lucha de Kostia con su voz interior:

"Me voy".

"Todavía no han pasado tres días".

"Pero falta muy poco".

"Espera, por favor, hasta el final".

"No puedo".

"Sí puedes".

"Si te marchas ahora, morirán los cinco pajarillos…".

Y de pronto la lucha terminó: la voz por fin quedó en silencio y Kostia escuchó el piar menudo y alegre que venía del nido.

—¡Han nacido…! —susurró emocionado.

Ya todo estaba bien. Ahora acercaría el nido a uno de los árboles y marcharía enseguida.

Pero intentó moverse y no lo consiguió.

Entonces el miedo se apoderó de él y su corazón latió enloquecido y aterrado. Con un esfuerzo enorme se arrodilló en la tierra y puso el nido en el suelo, junto a él.

A la luz de la luna, contempló sus pies, o, mejor dicho, contempló sus botas: ¡Raíces! eso fue lo que vio. Sus botas habían enraizado y estaban sujetas a la tierra; pero aún seguían siendo botas.

Apresuradamente sacó de la mochila un cuchillo afilado y, con manos temblorosas, fue cortando raíces.

Cuando cortó la última, cogió el nido del suelo y marchó hacia el árbol más próximo. Lo dejó en una rama, la mejor que encontró, y luego comenzó a correr, como si alguien lo persiguiera.

Durante algún tiempo continuó corriendo; después se fue calmando, aunque muy lentamente, pero no se detuvo en toda la noche.

Quería que al llegar la mañana lo encontrara muy lejos del lugar en el que había pasado casi tres días.

Cuando el sol salió, Kostia respiró hondo y sonrió de gozo: ¡seguía siendo libre!

De pronto recordó que una vez había dicho que prefería ser árbol a ser Kostia. Y entonces lo prefería; pero entonces era un pobre y débil muchacho que no salía de casa. Ahora era un muchacho fuerte y feliz que podía marchar a cualquier parte; ahora, sin dudarlo, prefería ser Kostia a ser árbol.

Marchando, sin detenerse nunca más que lo necesario, transcurrió para Kostia la alegre y azul primavera.

Después llegó el verano, el dorado y cálido verano, con sus largos y dorados días, con sus serenas y cortas noches.

Durante el verano la vida era mucho más sencilla. Durante el verano Kostia dormía en cualquier sitio, bajo las estrellas.

Tampoco necesitaba detenerse con demasiada frecuencia en pueblos o aldeas para conseguir alimentos, porque había frutos de sobra en árboles y arbustos.

Durante el verano Kostia marchaba más deprisa que nunca.

"Ojalá todo el tiempo fuera verano", pensaba Kostia.

Pero también el verano pasó.

LA ALDEA EN PELIGRO

Cuando llegó el otoño, volvieron las lluvias y las nieblas. Entonces Kostia ya no podía dormir en cualquier parte, ni tampoco encontraba comida fácilmente. Pero, a pesar de eso, tuvo mucho cuidado en no permanecer más de dos días seguidos en ningún sitio. Ni siquiera dos días, lo más que se quedaba era un día completo o una sola noche.

A veces tenía que hacer un gran esfuerzo para seguir marchando, sobre todo cuando encontraba una casa agradable, con buen fuego, buena comida, buena cama y gente amable.

Pero entonces venía a su memoria el miedo que pasó aquella vez, en primavera, cuando sus pies estuvieron a punto de quedar para siempre unidos a la tierra. Pensar en eso ya era suficiente para decir adiós y salir corriendo.

Noviembre fue un mes lluvioso y frío. Además, los caminos eran malos, estrechos, y estaban embarrados.

Durante dos día estuvo Kostia marchando sin descanso, sin encontrar comida ni refugio.

Por fin divisó, a lo lejos, un pequeño valle que estaba rodeado de montañas, y, medio ocultos por la lluvia que entonces caía a cántaros, descubrió los tejados de las casas de una aldea.

Un suspiro de alivio se escapó de sus labios: "¡Por fin…!". Allí podría encontrar refugio y alimento. Soñando con un fuego encendido, fue bajando hacia el valle.

La marcha era cada vez más difícil. "Pero ya falta poco", pensaba Kostia para darse ánimos.

Cuando consiguió llegar a las primeras casas, le extrañó no ver señales de vida en casi ninguna de ellas. La mayoría de las puertas y ventanas estaban cerradas a cal y canto. Era verdad que llovía muchísimo, pero apenas se veían luces ni salía humo por las chimeneas. Parecía una aldea fantasma.

De todas formas, llamó a una de las casas, y, en contra de lo que esperaba, la puerta se abrió casi enseguida.

La triste y encorvada figura de un hombre muy viejo apareció en el umbral.

—¿Qué quieres, muchacho? —le preguntó.

—Soy Kostia, el viajero. Busco un sitio en el que pasar la noche, y, si es posible, me gustaría tomar algo caliente. A cambio, repararé todo lo que está roto o estropeado, y también ayudaré en lo que pueda.

—Quizás quede un poco de sopa en la olla; el fuego ya lo hemos apagado, aunque aún hay rescoldos en la chimenea. Entra si quieres; pero no te molestes en arreglar nada, porque no vale la pena reparar lo que muy pronto va a desaparecer —dijo el anciano.

Kostia lo miró con ojos extrañados y él continuó hablando:

—La aldea está maldita, condenada. Como ha llovido tanto y con tanta fuerza, las aguas empujan la montaña hacia nosotros. Las rocas y la tierra se desprenden y, poco a poco, se nos echan encima. Hace ya tiempo construimos un dique para contenerlas; pero ahora está a punto de romperse. Cuando eso ocurra, no quedará en pie ninguna de las casas. Por eso nos marchamos. Otros se han ido ya. Nosotros hemos esperado mucho, quizás demasiado. Teníamos la esperanza de que la lluvia cesara; pero no ha sido así, al contrario, llueve cada vez más.

El anciano calló entristecido y Kostia no supo qué decir. Justo entonces salió una mujer de la casa, también anciana y también triste. Después de saludar a Kostia, tomó la mano de su marido y se marcharon juntos.

Kostia se quedó solo junto a la puerta abierta. No sabía si marcharse también o entrar antes a calentarse un poco y tomar algo de aquella sopa que aún quedaba en el puchero.

Le sacó de sus pensamientos el ruido de otra puerta al abrirse: en el umbral aparecieron otros dos ancianos que también abandonaban la aldea.

Los contempló marchar, todavía sin saber qué hacer.

De pronto se abrió una tercera puerta; pero no apareció en el umbral ningún encorvado anciano o anciana, sino una muchacha muy joven y esbelta.

Primero dirigió la vista hacia los que se iban y luego alzó los ojos al cielo, como preguntando a las oscuras nubes cuál sería el momento en el que cesara de llover.

Mirándola, Kostia se preguntaba por qué motivo ella aún no se había marchado.

De repente la muchacha vio a Kostia y, después de unos momentos de extrañeza, se dirigió hacia él.

—¿Quién eres? —le preguntó con una blanca y dulce sonrisa.

—Soy Kostia el viajero. He caminado durante dos días completos sin encontrar un lugar en el que refugiarme; pensaba hallarlo aquí; pero ya veo que todos se marchan. ¿Cuándo te vas tú?

La muchacha movió la cabeza de un lado a otro.

—Yo no me marcho —susurró.

—¿No te marchas? Pero un anciano me dijo que todos se iban porque la montaña estaba

a punto de desprenderse sobre la aldea —se asombró Kostia.

—Te dijo la verdad.

—¿Y entonces? ¿Qué haces aquí todavía? ¿Por qué dices que no te vas?

—Mi abuelo está muy enfermo. No aguantaría la marcha.

Kostia miró a la muchacha con ojos de compasión y entonces ella volvió a sonreír y dijo dulcemente:

—Yo confío en que deje de llover y en que, después de todo, el dique no se rompa. Y ahora, entra si quieres, come algo y caliéntate un poco. Luego, todavía tendrás tiempo de marchar sin peligro. Me llamo Sonia —añadió, apartándose a un lado para dejarlo pasar.

La casa en la que Sonia vivía con su abuelo no era grande; pero se apreciaba a primera vista que manos delicadas y cariñosas se esforzaban para mantenerla limpia y bien cuidada.

Un anciano, de rostro delgado y pálido, y ojos amables aunque brillantes de fiebre, estaba sentado junto al fuego.

—Es un viajero, abuelo. Se llama Kostia, está cansado y tiene hambre —explicó Sonia.

—Buenas tardes, Kostia. Ven junto al fuego y caliéntate, hijo mío. Mientras tanto, Sonia preparará algo para que recobres tus fuerzas —dijo el anciano con voz amable; pero tan débil que a Kostia no le cupo ninguna duda de que era imposible que pudiera marchar bajo la lluvia, ni siquiera media hora.

Después de que comieran, el anciano miró a Kostia con ojos angustiados y suplicantes:

—Llévala contigo —le pidió, volviendo la mirada hacia su nieta.

—No insistas, abuelo —dijo ella con inmenso cariño.

El anciano bajó la cabeza tristemente. Sonia corrió hacia él y, poniéndole los brazos alrededor del cuello, lo besó en la frente mientras le decía:

—No va a sucedernos nada. El dique resistirá. Ya lo verás, abuelo, no desaparecerá la aldea. Cuando nuestros vecinos vuelvan, tendrán que reconocer que marcharon sin motivo.

—¿Cómo es que vuestros vecinos no se han esforzado para reparar el dique —preguntó Kostia.

—Se esforzaron; pero casi todos son tan viejos como yo, aunque no tan enfermos. Los jóvenes hace mucho tiempo que se fueron. La vida en este valle no es fácil, sólo Sonia no quiso marcharse —respondió el anciano.

—¿Dónde está el dique que, según dicen, está a punto de romperse? —preguntó Kostia poniéndose rápidamente de pie.

—Al otro lado del pueblo —contestó Sonia—. Ven conmigo si quieres verlo —añadió, y enseguida se echó una gruesa capa sobre los hombros y le alargó otra. Había sido del abuelo y estaba gastada y deslucida; pero abrigaba, y Kostia se lo agradeció muy sinceramente.

CUANDO SALIÓ EL SOL

El viejo dique aún resistía, aunque a duras penas, porque, a lo largo de él, se habían abierto algunas hondas y peligrosas grietas. A pesar de todo, Kostia confiaba en poder repararlo a tiempo; pero se daba cuenta de que tendría que trabajar muy duramente.

—Si las fuerzas no me fallan, la montaña no se desprenderá sobre la aldea, y dentro de poco tu casa y todas las demás estarán a salvo —le dijo a Sonia.

Los ojos de Sonia primero brillaron de alegría y luego miraron a Kostia, de tal manera que él sintió una emoción tan honda como jamás en su vida había sentido. Era distinta a todas las otras emociones, distinta y ¡única!

Durante unos segundos permanecieron mirándose, como si en el mundo no existiera nada ni nadie más que ellos. Después los dos bajaron la vista al mismo tiempo. Enseguida Kostia se puso en movimiento y comenzó a cubrir, con troncos y piedras, las grietas que se habían abierto en el dique. Sonia hizo lo mismo, y, aunque no tenía las mismas fuerzas, se empeñaba en lo que podía.

Trabajaban bajo la lluvia sin detenerse ni hablar; pero, de cuando en cuando, y para dar-

se ánimos, se miraban y sonreían. Sin embargo, al llegar la noche, aún quedaba mucha tarea por hacer.

—Vete a casa, Sonia, y atiende a tu abuelo. Te estará necesitando —pidió Kostia.

—¿Y tú?

—Tengo que quedarme. Si nos fuéramos los dos, se vendría abajo todo lo hecho.

Durante la noche Kostia no podía trabajar ya que nada veía; sin embargo, sí podía extender los brazos y sostener el dique con la garn fuerza de su cuerpo.

Muy de mañana, Sonia regresó con alimentos y ropas secas para Kostia.

Él seguía trabajando, y trabajando continuó todo el día con la ayuda de Sonia; con su ayuda y también con el cariño que leía en sus ojos.

No podían descansar ni un momento, porque todavía quedaban grietas en el dique, y, como no había cesado de llover, el agua aún arrastraba rocas y tierra desde la montaña.

Al llegar nuevamente la noche, Kostia dijo a Sonia:

—Regresa a casa y cuida de tu abuelo.

Y Sonia dijo:

—Deja el trabajo y descansa un poco.

—Si lo dejo, quizás todo lo hecho podría venirse abajo.

Antes de volver a casa, Sonia se acercó a Kostia y le dio un dulce y suave beso.

Aquel beso hizo olvidar a Kostia todos sus temores y angustias, de modo que pasó toda la noche sin pensar en otra cosa que en ella. Se sentía tan feliz que estaba seguro de que a la mañana siguiente habría dejado de llover.

Pero no fue así, amaneció y aún continuaba lloviendo.

Al comenzar el tercer día de trabajo, Kostia recordaba con toda claridad las palabras del espíritu del bosque: "Recorre el mundo, Kostia; pero no permanezcas más de tres días en un mismo lugar. Si lo haces, tus piernas se hundirán en la tierra para siempre. Entonces sólo serás árbol". A pesar de eso, estaba completamente decidido a seguir trabajando. Pasara lo que pasara, debía salvar a Sonia y a la aldea; aunque reconocía que tenía miedo, mucho miedo. Por eso trabajaba más deprisa que nunca, y se esforzaba de tal manera que sus manos sangraban.

De nuevo durante todo el día Kostia y Sonia continuaron trabajando. Y de nuevo, al oscurecer, Kostia dijo a Sonia que se marchara a casa.

Al llegar la noche quedaba sin tapar una grieta en el dique, una sola, y Kostia pensó que, si por fin dejaba de llover y salía la luna, podría seguir trabajando y la tarea estaría terminada antes de que comenzara el cuarto día. Con esa esperanza se despidió de Sonia.

—Mañana saldrá el sol y seremos felices —dijo ella.

—Sí, mañana saldrá el sol —repitió Kostia.

Durante la noche no cesó de llover y no asomó la luna; pero Kostia procuró seguir trabajando, aunque fuera a tientas.

Por la mañana, cuando Sonia se levantó, el sol estaba en la ventana y en el cielo no quedaba una nube.

—¡Ha dejado de llover, el día está sereno! —gritó corriendo gozosa hacia la cama de su abuelo.

Pero el anciano estaba tan dormido que no la oyó.

—¡Abuelo, ya no llueve! —dijo Sonia descorriendo todas las cortinas.

El anciano seguía sin despertar, y Sonia, extrañada, se aproximó a su cama.

—¡Abuelo! —llamó con cariño—. ¿ Abuelo? —repitió con angustia—. Abuelo... —sollozó por fin arrodillándose a su lado.

El buen anciano ya no podía escucharla. Había muerto durante la noche, dulce y tranquilamente.

Poco después Sonia corrió llorando hacia el dique. Tenía el corazón desconsolado; pero Kostia la esperaba.

—Kostia, mi abuelo ha muerto —le dijo desde lejos, con voz entrecortada por el llanto.

El joven la miró con ojos de amor y de tristeza; pero no dio un paso hacia ella. La miraba, sólo la miraba, y, mientras, sostenía el dique con sus brazos abiertos.

—¿Qué haces ahí todavía, Kostia? ¿No ves que ha cesado de llover? El cielo está en calma. El peligro se aleja.

Kostia siguió mirando a Sonia, muy dulce y tristemente, y también siguió sin moverse.

—Ven conmigo, Kostia —pidió ella con extrañeza. Y como, a pesar de todo, permanecía inmóvil, se acercó a él y lo tomó de la mano para separarlo del dique. Pero no pudo hacerlo: los brazos de Kostia estaban extrañamente rígidos, casi no parecían brazos, más bien parecía ramas de árbol.

También en su cara había una extraña rigidez, y en su cuerpo, y en sus piernas. Sobre todo en sus piernas.

Sonia observó con espanto y asombro que las piernas de Kostia se hundían en la tierra y estaban unidas a ella por raíces muy fuertes.

Lenta y difícilmente, porque su lengua también comenzaba a paralizarse, pero con palabras amorosas, Kostia le fue contando a Sonia su extraña historia.

—¿Por qué lo has hecho, Kostia? —preguntó ella, desesperada.

Kostia no respondió a su pregunta; pero sus ojos lo decían claramente: "¿Cómo podría yo consentir que las aguas inundaran la aldea si había alguien en ella? Y mucho menos podía permitirlo si ese alguien eras tú".

—¡Kostia! ¡Kostia...! —lloraba amargamente Sonia.

—Ha valido la pena, estás a salvo, Sonia. Me siento muy feliz. Ahora vuelve a casa, y no estés triste porque yo no lo estoy.

—No volveré a casa —dijo Sonia, y abrazó a Kostia.

Y entonces sucedió algo extraño y maravilloso: mientras el cuerpo de Kostia se iba convirtiendo en árbol, el cuerpo de Sonia se convertía en enredadera. Los dos al mismo tiempo, poco a poco y unidos, sin dolor algu-

no, dulce y tranquilamente. Y aunque el invierno ya se acercaba, el árbol estaba lleno de alegres hojas verdes, y la enredadera cuajada de pequeñas y alegres florecillas azules.

Poco después de que cesara la lluvia, los ancianos vecinos, que habían tenido que abandonar sus casas, regresaron a la aldea y dieron sepultura al abuelo de Sonia.

En cuanto a ella, pensaron que, igual que tantos otros jóvenes, también se había marchado; pero ¡cómo se equivocaban!

Después, los ancianos vecinos fueron a ver el viejo dique. Pensaban que, ahora que había salido el sol, quizás entre todos pudieran arreglarlo un poco, aunque sólo fueran las grietas más peligrosas. Pero, con enorme extrañeza, observaron que estaba completamente reparado. No podían entender qué era lo que había sucedido; pero sus viejos corazones se inundaron de gozo.

Y había algo más que los ancianos tampoco podían entender: delante del dique había un gran árbol, de copa ancha y fuerte tronco, que extendía ante él sus ramas, llenas de hermosas hojas verdes, como si quisiera protegerlo. Y rodeando a ese árbol, abrazada a su tronco y a sus ramas, había una pequeña enredadera que, aunque no era tiempo de flores, estaba completamente florecida. Pero, antes de que ellos abandonaran la aldea, ni la enredadera ni el árbol estaban allí.

*   *   *

Pasó el tiempo, mucho tiempo, y el dique resistió, sin una sola grieta, los vientos más terribles y las lluvias más intensas.

En cuanto al árbol siempre verde, que tenía una enredadera siempre florecida abrazada a su tronco, en primavera acudían a él cientos de pájaros para hacer sus nidos. Y su copa era tan espesa que, en los días de verano, los cansados viajeros que se sentaban a su sombra, recuperaban en un momento las fuerzas perdidas, como por arte de magia. También, como por arte de magia, de repente se sentían muy felices.

Muchos de esos viajeros decían que el viento se movía con tanta suavidad entre las ramas que, más que rumor de hojas, lo que allí se oía parecía el sonido de dos voces alegres y amorosas, hablando de cosas de cariño. Y que, escuchándolas, se olvidaban todas las tristezas y todos los temores.

ÍNDICE